江海作家书系

星辰在上

徐玉娟 著

北方文艺出版社

图书在版编目（CIP）数据

星辰在上 / 徐玉娟著. -- 哈尔滨：北方文艺出版社，2023. 3

ISBN 978-7-5317-5794-8

Ⅰ. ①星… Ⅱ. ①徐… Ⅲ. ①诗集–中国–当代
Ⅳ. ①I227

中国版本图书馆 CIP 数据核字（2023）第 022466 号

星辰在上

XINGCHEN ZAISHANG

作　者 / 徐玉娟

责任编辑 / 赵　芳　　装帧设计 / 书香力扬

出版发行 / 北方文艺出版社　　网　址 / www.bfwy.com
邮　编 / 150008　　经　销 / 新华书店
地　址 / 哈尔滨市南岗区宣庆小区 1 号楼
发行电话 /（0451）86825533

印　刷 / 成都兴怡包装装潢有限公司　　开　本 / 880mm×1230mm　1/32
字　数 / 120 千　　印　张 / 6.25
版　次 / 2023 年 3 月第 1 版　　印　次 / 2023 年 3 月第 1 次印刷

书　号 / ISBN 978-7-5317-5794-8　　定　价 / 52.00 元

目 录

第一辑　新生的蚕豆仿佛是大地的耳朵

第三辑　多么干净啊，像月光含着翡翠绿

第四辑　有时候一只蝴蝶也是一轮太阳

第五辑　所有的花开都是人间的烟火

第六辑　我放松自己像点燃漫天烟花

第一辑

新生的蚕豆
仿佛是大地的耳朵

白日漫长
足够我借时间之光
认识一只白鹭
当它沿着清溪河，一步一步
向东行走。它是对的
一只鸟暂时收拢了翅膀
放弃了天空
来到水边，一定另有深意

母亲像一只取暖器

寒冷的冬夜，母亲坐在我的身旁
织毛衣，她的视力已经不允许她
做这些活计了。我的母亲
七十七岁
她为我慢慢编织着
一件御寒的毛衣，有时候
她会停下来
像一只取暖器，静静地待着
不吹风，但发着光
发着热
有时候，我仿佛可以听见
噼噼啪啪的燃烧声
从母亲的心上传出来
似乎有人刚刚往里面添加了新劈的木柴

（原载《扬子江诗刊》2022 年第 1 期）

江边的芦苇

“如果实返回枝头，清白回到月光”
我将抖落裙角的水花
提着凉鞋
重回岸上，你的波涛汹涌
是我胆战心惊的源头
你的辽阔和浩荡
宜远观
宜回眸
我把对岸闪闪烁烁的
灯火，想象成你
深情的心跳
而我仿佛江边的芦苇
捧着饱满的露珠
做出星星点点的回应
注：首句出自余秀华

(原载《飞天》2022 年第 1 期)

夏至

白日漫长
足够我借时间之光
认识一只白鹭
当它沿着清溪河，一步一步
向东行走。它是对的
一只鸟暂时收拢了翅膀
放弃了天空
来到水边，一定另有深意

当我从嘈杂的人群中
抽身而出
看到白鹭洁白的身影
缓缓地与流水同行，我似乎嗅到了一缕荷香
一只白鹭落在水面，已然是一朵青莲

黑夜短暂

但足以让我从容做自己的梦
水花疯长。唯有常涨常消
才有资格做白鹭的故乡，我也一样
我把一片湛蓝的天空
当成了心空，我的爱
像白鹭凌空
足够我飞翔一生

(原载《飞天》2022 年第 1 期)

芒种日

麦芒很长
太阳的光芒
很长
而我内心的锋芒
正在渐渐消减
当我握着一双婴儿的小手
听他嘟哝嘟哝地和
这个世界打招呼
我似乎要融化了
仿佛水稻
在布谷鸟的叫声里
把水田里的水
当成了一小块自己的天空

(原载《飞天》2022 年第 1 期)

致父亲

患忧郁症的父亲
最大的活动场地只有自家的院子
两只猫咪
时常在他脚边蹭来蹭去
像童年时的我。父亲
越活越矮了
比他盖好的楼房矮
比他开过的拖拉机矮

一想起他终将
比自己活过的尘世
还要矮
一想起一条小溪
绕着六园村
却再也找不到一个人
我就有了一片落叶的悲伤

仿佛一张旧唱片
突然保持了大地般的沉默

（原载《飞天》2022 年第 1 期）

今晚，我要枕着长江睡去

长江离我不远
站在六楼的阳台上
就能望见它的
身影，白衣飘飘
我已经很久没去看它了

那次，一只渡轮渡我到江心
站在甲板上
我看见的水，都化为了时间
那么多的往事
都绵延到天上，还在像海鸥一样振翅返回

一直以来
我总是对江水充满了敬意
究竟是什么
让一种事物

对另一种事物有了古老的吸引
也许，正是一种浩荡
对一种渺小的拯救

远去的江水啊
请受我一拜
我这小小的一生
想要与你共融

（原载《飞天》2022 年第 1 期）

夜雨飞落

光线茂盛
仿若良夜生出白发
春雷滚动。似乎
天上驶来一辆时光动车
我如梅枝
吐出新叶，又如
壁上静默的小提琴
在等待有缘人
感谢尘世，让我拥有
这样的好时辰。不用说话
只需安心，听窗外
夜雨飞落

（原载《飞天》2022 年第 1 期）

清明祭

通向墓地的路
鸟鸣稀落
只有茂盛的青草
一个劲地
涌出来。只有婆婆纳
匍匐在地上
开满蓝色的小花，仿佛我
哆哆嗦嗦的手
点着的香火，在春风中
闪烁。我蹲下来
成为其中的一朵
我还是像从前一样
喜欢
开给你看

（原载《飞天》2022 年第 1 期）

早上醒来凝视窗口

两只鸟
像两扇扑闪着翅膀的窗口
一扇里，是辽阔的天空
另一扇里，是苍茫的人生
我在两个窗口之间活着
有时候像一只鸟
在大地上觅食
有时候像另一只鸟
向天空的云朵
奋力飞去

（原载《飞天》2022 年第 1 期）

我在枕下摸到一片树叶

熄灯睡觉时，我在枕头下
摸到一片香樟树叶
它肯定是从某本书的章节中
偷偷跑出来的
它一定是想和我一起
进入梦中
看见一棵树
就像回到故乡，看见一条河
就顺流而下
在人生的中游
看一个人的影子
仿佛落叶突然化作涟漪
想努力从无情的流水中挣脱出来

（原载《飞天》2022 年第 1 期）

新生的蚕豆仿佛是大地的耳朵

门前这一片新生的蚕豆
仿佛是大地的耳朵
我走近它们
蹲了下来。我要和它们说说
这些年我对生活的热爱
说说我对男人和酱黄瓜的理解
孤独是看不见的，就像礁石和暗流
让船只改道
我一次次偏离了从前的理想
大地一定还有眼睛，当我注视着长江
那些浪花
也在看着我，我低下头来
看见蚕豆苗的叶子
动了又动，我确信
它们一定听懂了我的话
陡然生了怜爱之心

我站起来
望着来时的小路
我想，我应该从另一条路
慢慢回去……

（原载《诗刊》2021 年第 4 期下半月刊）

鸟鸣

清晨的鸟鸣，湿漉漉的，滴着水珠。

鸟们清脆的嗓音，有绿叶的色泽
它们婉转的音调，像风吹柳梢

它们有时短促，像逗号；有时悠长，像省略号
为了更真切地接近它们，我早早地走出了屋子

这些黑色的小翅膀，在村庄里飞来飞去
一会儿落在对面的屋顶上，一会儿落在河边的树梢上

我抬头寻找它们时，那些湿润的音符
正巧落进我的眼睛。我通透得像个发光体

（原载《诗刊》2019 年第 8 期下半月刊）

提一盏红灯笼去田野走走

公鸡打鸣时，提着一盏红灯笼
从地平线上，缓缓往我窗口送
我用一竿竹子
伸出窗口，准备挂住它——
那轮红红的太阳

元宵节晚上
我要提着它，去田野走走
老人说，红灯笼走过的地方
庄稼不会生虫子

如果，你提着
这盏红灯笼，来我心田走走
我也不会心生悲凉

（原载《诗刊》2017 年第 8 期下半月刊）

小欢喜

有人在钓鱼。我坐在对岸静静地看着他
将一条又一条小鱼
收上来，放进身旁的红色塑料桶里
有时候，鱼儿活蹦乱跳的声音
隐隐在我的心里响起，我羡慕钓鱼人
有足够的耐心
把自己坐成另一只蓝色的塑料桶。有风吹来
小桃树、小槐树的枝叶
正在岸上摇曳生姿。不知道是风的缘故
还是鱼儿的原因，河面上生出了不少的涟漪
但我内心的欢喜并非来自这些
当天色将晚，钓鱼的人在对岸
收起鱼竿，我看见他
弯身将桶里的鱼儿一条一条放回河里
我似乎听见小鱼活蹦乱跳的声音
从我的心里回到水中，小小的涟漪

仿佛我的小欢喜
被夕光镀上了一圈一圈闪闪的金边

（原载《星星》2020 年第 5 期）

早上醒来凝视窗外

乡村的高压线
出现在后屋的窗玻璃上
仿佛画了一个等号。这时候有几只麻雀飞来
站在上面东张西望，像琴弦上失而复得的音符
我以 45 度角
凝视良久
直角的世界慢慢温和起来

（原载《星星》2020 年第 5 期）

风不止

今天的风，比往日的
大了些
榉树的叶子，香樟的
叶子，在风中不停地摇晃

一些叶子拍打着
另一些叶子
它们发出的声音
像风在写诗

像我对你的思念
在有风的日子
日行千里

像我生出了羽毛
在风中……

（原载《星星》2020 年第 5 期）

月光是只白鸽子

月亮，一到晚上
就会放鸽子
每一扇窗户都会有一只
它们洁白安静又温顺
我看着窗户的时候，仿佛
自己也长出了翅膀
它张开时，柔软地覆盖了
夏夜里
寂静又美好的事物
落下时
没发出一丁点的声响

（原载《星星》2017 年第 12 期）

如果你也在它们中间

不知是晨曦孵出了鸟鸣
还是鸟鸣衔来了晨曦
我是被晨曦和鸟鸣一起唤醒的
它们在窗帘上走动，有细微的温暖

它们热切地耳语和歌唱，把快乐从一棵树
传到另一棵树，整片林子都动了起来
而我此时，也像一棵树
在思绪的枝丫间，藏着明亮的事物
如果，你也在它们中间
我就飞起来，像那片林子

（原载《星星》2017年第12期）

会走的红灯笼

请看一只灯笼
挂在廊檐下，像一颗缩小的星球
静静地，在新年的额头
散发着 360 度的祝福的光芒

它那么红，里面一定绽放着千万朵爱的玫瑰
一个人，静静地望着它
仰望的目光里会生出一朵花的香味

夜色，被爱点燃了
世上有再大的风
都吹不走，它只是来回晃动着
似乎想把每一点光芒都倾注到我的心里

而我，正穿着一件红色的羽绒服
慢慢走到廊檐下，我明亮的眼睛里

瞬间有了一生都用不完的光

在一盏悬挂着的灯笼下面
我是另一盏会走动的灯笼
我相信，在这广袤的人间
一定有人，正慢慢地向我走来……

（原载《扬子江诗刊》2020年第3期）

阳光里有没有棒棒糖的味道

父亲一生哭过两次
几年前，母亲病重
父亲哭了，他求神保佑母亲
宁愿自己折寿几年
前几日，父亲坐在饭桌对面
说起越来越不济的身体
父亲又哭了，像一个孩子
记得小时候，我哭的时候
父亲会从身后递出一根棒棒糖
但对于父亲，我没有更好的安慰方法
我只能打开窗户，让春天的光线从窗口涌进来
我想，那些命运都挡不住的阳光
一定有棒棒糖的味道

（原载《扬子江诗刊》2020 年第 3 期）

窗口

剪下一段江岸线
微澜的江面
小舟轻言帆语
岸上的风欲言又止

摘下一朵漂泊的云
莫问来意
一片娴静
一寸辽阔

拥抱天上的星月，人间的灯火
不知梦里
哪颗星辰，是你
哪盏灯火，是我

（原载《扬子江诗刊》2019 年第 2 期）

芦花

风不停地吹着
一大片一大片的芦花
奔跑，呼喊
一个人的江面，苍茫无边

那毛茸茸的白
柔软的白，多像我
兀自吐出
一江滩的絮语

（原载《扬子江诗刊》2019 年第 2 期）

聆听

一棵荠菜
能开多少粒小花
才能喂饱一双春天的眼睛
一垄荠菜，能开多少粒小花
才能撑破一个平静的镜头
眼前的荠菜花
仿佛一纸密密麻麻的小楷
很像是谁
留给尘世的遗言
我必须俯身，用心聆听

（原载《诗潮》2021年第12期）

回声

阮籍会驾着马车
跑到无路的地方，停下来哭
嵇康会在大树下
叮叮当当地打铁
我会跑到小河边
往流水中
扔石子，一个接着一个
先扔小石子，后扔大石子
它们在水中发出的声响
像一个接一个的我
在投河
在游泳

（原载《诗潮》2021 年第 12 期）

路过夏日的池塘

在竹桥村的
池塘里
我见过一朵云
在水中漫不经心地游动着
青青水草
簇拥着它——
一个天上尤物
竟然在水中
找到了自己的根

（原载《诗潮》2021 年第 12 期）

第二辑

月亮在圆缺之间
不停地变换着姿势

大风吹。它竭尽全力要吹走的
是旧年的疾病，他日的泪水
大风吹，是想把灰尘吹成一场雪
是想用白
把我吹成一个通透之人
为梦中的蝴蝶
准备一个故乡

试金石

那时候，我耗尽了整个青春
想去测试
爱情的真伪
而如今，我更愿意
独自坐在江边
请浩荡的江水
不停地
替我复述，刚刚过去的
波涛起伏的前半生

（原载《诗潮》2021 年第 12 期）

题一件旧衣服

有鱼尾的样子，有玫瑰的颜色
胸前缀着的一串饰品
似乎有点多余
这件多年前的旧衣服
仅结婚时穿过一次
如今我把它倒挂在衣橱里
好像要反省一段旧时光
那时的懵懂，那时的草率
以及一意孤行
似乎要将我倒悬人世
江水还是那样流淌
山峰却低如草木
那爱过的人，已如空荡荡的原野
只能借星月之灯
来一次青春的祭典

而爱情是否会再次发出
灰烬的余味

（原载《诗潮》2021年第12期）

油菜花开小令

它们从我深潭似的眸子里
升起，仿佛被雕刻成
佛像的泥土。它们回到我的心上
又像一盏盏灯
照亮每一个懒洋洋的日子
油菜花开，有多热烈
我就有多寂静。它们的明亮
恰好成为我
暗伤的一部分
放蜂人慢慢打开了蜂箱
我缓缓转身时，每一个脚印
都已被酿成了蜜

（原载《诗潮》2021 年第 12 期）

桃花深处

那么多的桃花，像出嫁的新娘
面色娇柔，眉目传情
众多的鸟鸣似乎在，敲锣打鼓

春风抬着桃树的花轿
浩浩荡荡
它们正举行一场盛大的婚礼
将桃花嫁给明媚的春天

我也混迹在队伍中间
紧靠着花轿，仿佛就是桃花的伴娘

（原载《诗潮》2021 年第 12 期）

即景

透过玻璃
看见窗外的两根电线
仿佛一个等号
这也许是在提醒我
床是等于天空的
我，是等于闲云的
而远方布谷鸟此起彼伏的鸣叫
等于我腋下蠢蠢欲动的翅膀
百舌鸟弹起的春弦
等于我
内心的琴音
我在屋子里
想一想你
就等于有闪电
掠过南方的平原

（原载《诗潮》2021 年第 12 期）

夜风吹我

关了空调，来到阳台上
夜风吹在我身上
就像吹着对面酒楼上的广告布
就像吹着楼下马路对面的香樟树
就像吹着更远处
江面上永不停息的波澜
噢，我可能更像一叶小舟
或者一只海燕
夜风吹我的时候
我体内的万物
会发出不同的方言
再细听
却是同一个字：爱

（原载《诗潮》2021 年第 12 期）

秋天有一双水汪汪的眼睛

蛐蛐优美的声线，更细了
已经细到秋天的嗓子眼了
还在继续
往心上找针眼
清亮的小河
让秋天有了一双水汪汪的大眼睛
此刻，它一定会看见我
正抬起头，用目光
触摸天空的高，彼岸的远
当它看见我
低下眉梢的时候
我正蹑手蹑脚
走过生活的边缘，生怕惊飞
草丛中正在觅食的
一大一小两只麻雀

(原载《诗潮》2021 年第 12 期)

暮春一日

旧城墙被镜头
重塑风貌
麻叶的好去处
是被一群追梦者
咬在嘴里，满心欢喜
普济桥上的老石头，和桥下
干枯的河床
一起追溯往事
我们踏过的每一寸土地
留下了新生的血液
比如，我带来的江风海韵
让每一块黄土
涛声澎湃

（原载《诗潮》2021 年第 12 期）

春天像一件明亮的乐器

百舌鸟像一件
优质的打击乐器
春风像一位优秀的打击乐手

它们演奏时，我误以为
水从高处
跳入水。误以为
英雄的剑锋
闪过玉石的脊背

我一次，又一次
停下脚步
仿佛就要变成一件乐器
任春天的鸟鸣
在我体内，反复击打

（原载《诗潮》2021 年第 12 期）

在夜的边缘

鸟儿，蝴蝶
这些飞翔之物
收拢了翅膀，栖息在
夜的边缘
仿佛月光又多了一张琴谱

马路上的汽车
还在携带
三分之一的尘世奔跑
我像是
刚刚从树上掉下的
一片叶子，正搭上其中的一辆

该去哪里。没有你的城市
只是一座空城

我悬挂在夜的边缘
像一滴泪珠，将落未落

(原载《山东文学》2021 年第 11 期)

初见

天空和大海
仿佛所有的蓝
倾注到了你身上
我豢养在眼睛里的小鱼
指尖上的白云
似乎找到了故乡。你的微笑
生出芳香的薄翅
轻盈舞蹈
阳光踮起小脚，风停了下来
每一片叶子的青翠
平分
我们中间
一只画眉歌唱的宁静

（原载《山东文学》2021 年第 11 期）

深夜的丁字路口

那个无家可归的人
站在路灯下
望着夜空，仿佛高处的星月
是她不能团聚的亲人
路过她的身边，我有意加快了脚步
我不是一盏灯
我不发光
我怕走慢了，自己的阴影
会遮住她脸上的光

(原载《青岛文学》2021 年第 6 期)

梅花引

去唐朝吧
去踏雪，去看梅
去做一个眉头印有梅花的女人
对着生活微笑，犹如白雪慢慢消融
对着一个人，怀抱琵琶
弹拨什么，什么就是相思曲
或者，去一棵梅花树下
有瞬间的恍恍惚惚
幸运的话
再沾上一身春天般的香气
仿佛刚从梦里回来

（原载《青岛文学》2021 年第 6 期）

早上我在食堂摔了一跤

我总是对表面光滑的事物
缺少防范
我总是对我的双脚充满了信任

我坐在那儿，沉默了许久
我不断观察着我的双脚和地面
我需要重新认识自己的生活
它多像十面埋伏的老虎群
稍不留神，就会咬我一口
似乎是在时刻提醒我
对看不清的命运，要保持警觉

（原载《青岛文学》2021 年第 6 期）

我一刻也不敢松懈下来

我安静地躺着
似乎能听见地球转动的声响

此刻，小石头在装满水的瓶子里
有远离尘世的安静，多么令人羡慕

而楼下的马路上
汽车永不停息的
奔跑声，让我一刻也不敢松懈下来

即使在梦里，我也在
练习奔跑，仿佛月亮在圆缺之间
不停地变换着姿势

（原载《青岛文学》2021 年第 6 期）

春天

汽车行驶在大凉山的公路上
我追上了前面
那个背着柴火的小女孩
我给她裸露的脖子
围上红色的围巾，给她
冻僵的小手戴上毛茸茸的手套
给她乱发飞舞的头戴上一顶紫色的帽子
仿佛一阵春风吹拂
这个大凉山深处的小女孩
正像一棵冬天的小树
吐出了春天嫩绿的新芽
我从反光镜里看见
她
像早春里的花朵
蓦然盛开在我人生的旅途中

（原载《青岛文学》2021 年第 6 期）

报晓

那些年，我的父亲
起得
比公鸡还早，父亲
开着拖拉机
砖和瓦
坐在上面，前面是乡村的早晨
潮湿的小路开始伸长懒腰
村庄的门陆陆续续
在打开。父亲开着的拖拉机
仿佛一只兔子
机警而调皮地在村庄和田野之间
绕来绕去，断断续续
发出生活不能发出的声音

（原载《中国校园文学》2021 年第 6 期）

大风吹

大风吹。它竭尽全力要吹走的
是旧年的疾病，他日的泪水
大风吹，是想把灰尘吹成一场雪
是想用白
把我吹成一个通透之人
为梦中的蝴蝶
准备一个故乡

（原载《中国校园文学》2021 年第 6 期）

躲藏

给种子多盖一些泥土
给鸟雀多栽几棵树木

让它藏得深一些
就像钟，藏在寒山寺里
就像钟声，藏在大铁钟里

就像我的孤独
和思念，躲到人海中
藏在偶然泛起的浪花中……

（原载《诗歌月刊》2021 年第 5 期）

虹

我想把天上的彩虹
缩小
成为心头的梦

像一滴露珠
落在草尖上

我不拒绝光的诱惑，也不阻止
尘埃落定

这一生，即使片刻的绚烂
也会有辽阔的虚无

（原载《延河》2021 年第 3 期下半月刊）

挖野菜

姐姐领着我
在林子里找野菜
她教我认识
什么是苦菜，什么是蒲公英

我用一个上午的时光
在林中小路上
渐渐懂得了
苦，也是一种美味
白首，也是一种飞翔

（原载《延河》2021 年第 3 期下半月刊）

六园村的早晨

最先是一只老雀
在屋角的一棵楝树上发言
像祖母的叮嘱
语重心长。然后是一只翠鸟
像我的女儿
不断以清澈稚嫩的嗓音
把秋虫冰凉的弦音焐热
而远方的候鸟
又如我的爱人
以沧桑的寻觅把我呼唤

我的祖母已离世多年
我的女儿是别人家的女儿
我的爱人仍在浪迹天涯
感谢我的故乡
在一个中秋的早晨

让我能以另一种方式，与三个亲人
在另一个梦里拥抱

（原载《山东文学》2021 年第 3 期）

重阳，与栖霞山对望

栖霞山看见我
站在四楼的窗口
山上有鸟，也一定看见了我
此刻。我们
共同登高，远眺
我们都看见了
弯着腰在打理菜园的母亲
亲爱的
我也看见了你，在人世间埋头赶路
路边的那些菊花
有黄的，白的，紫红的
其中一朵，必定是明日之我
因深情，而挂满了霜花……

（原载《星火》2021 年第 3 期）

我的故乡还没下雪

东北下雪了。秦岭下雪了
我喜欢的地方
都下雪了，海门还没有
没下雪的故乡，我也喜欢
风刮了一夜
阳光照在早晨的草坪上
那里落满了金黄的银杏叶
那里，三五个女工
裹着围巾
正蹲在北京路口补种花草。
在我的故乡，雪还没有到来
就已经有人忙着栽种春天

（原载《诗选刊》2021 年第 2 期）

一棵长满麻雀的树

在六园村，做一棵柿子树
应该也是幸福的吧
即使风已经把最后一片叶子摘尽
灯笼里的火焰也已熄灭
还能等来一群麻雀
齐刷刷落下来，每一根枝条都微微战栗着
在这寂静的南方村庄，一棵树的甜蜜
可以分给每一只麻雀
也可以深藏在孩子们的喉咙里
风取不走的，岁月也不会取走
谁都不会怀疑一棵柿子树
会忘了长新叶子、挂新果……
哪怕像我现在这样
蓬头垢面，满脸雀斑。也能大大方方

从结满叽叽喳喳的柿子树下走过

（原载《诗选刊》2021 年第 2 期）

第三辑

多么干净啊，像月光含着翡翠绿

这里的一草一木
仿佛都是你
留下的影子。先生
我们在你的故居前
拍照留影。仿佛一群鸟儿
从屋子西边的白杨林
飞到星球一样圆的镜头里

水养绿萝

养了六棵绿萝
让它们从书橱里
慢慢垂向我单调的生活
它们拖着长长的
酷似我少女时期的长发
肆意生长，仿佛只是为了服从
从高处前往
低处的命运，而我
恰好相反

(原载《诗选刊》2021 年第 2 期)

海门的树

海门的树，是茂盛的
是懂得飞翔的
它们永远有向上的愿望
像昨日的我
现在，我还经常在梦里
抱着它们，我们似乎能听懂彼此的歌唱
现在的我，已经有了向下延伸的想法
一直向下，像叶子努力变成落叶
我纵深的根须，也已开始录制
我与生活的秘密对话
有时候，当我从容经过一棵大树
我会停下来，仿佛我们的根
突然纠缠在了一起

（原载《诗选刊》2021 年第 2 期）

明月悬窗

——致敬卞之琳先生

穿过乡间小道。先生
我来到你的故居前
仿佛江水
带着浪花，缓缓涌来
轩窗拥着良人
流水驮着小桥。先生
一瞬长于百年
寂寞的，不只是身后事

这里的一草一木
仿佛都是你
留下的影子。先生
我们在你的故居前
拍照留影。仿佛一群鸟儿
从屋子西边的白杨林

飞到星球一样圆的镜头里

我在你住过的地方
坐了一会儿。先生
仿佛我想成为你的
另一个影子，在我漫长的人生里
我总是一再模仿
别人的生活

先生，也许我在向兰波致意
也许我是在你的桥上
看江水
成为我的风景……

（原载《诗选刊》2021年第2期）

一片叶子落在鸟巢里

一片叶子，没有落在奔跑的车上
没有落在流水上，也没有
落在泥土里，它像一只鸟
落在树杈间的鸟巢里
我也想学习一片叶子，不乘车
去外地。不坐船
去彼岸。我也想抖抖满身的风尘
躲进思念的小屋里，独自一人
收拢疲倦的翅膀

(原载《诗选刊》2021 年第 2 期)

一只毛桃

一开始。它住在瘦西湖畔的一朵桃花里
后来。住在一根桃枝上

现在。它微红着半边脸
离开枝头，开始流浪

从一只手到另一只手
再坐进一只白瓷盘里

多么干净啊
像月光含着翡翠绿

如果你忍不住
咬了一口，就像破坏了一种美

（原载《诗选刊》2021 年第 2 期）

古筝

流水在山上
找到归处。你赠送的丝巾
挂在我的脖子上
手指拨弄的地方
留下雁声。月光像白兔
在林中奔跑
玉笛横在唇边，找到亲姐妹
三五只金丝雀梦见了故乡
我扬起右手，圆形玛瑙发出
红色的笑声

（原载《诗选刊》2021 年第 2 期）

空杯子

给我一只空杯子
装一场雪吧。让辽阔的白
暂时存身于小小的物件
等雪融化
我就饮下它，让洁白
进入我的身体，在适当的时候
再让它们化为一场大雪
在梦里
飘落，就当是
给梦无数双轻盈的翅膀

（原载《诗选刊》2021 年第 2 期）

在尘世

像四月
喊来充足的雨水
像一场雾，喊来雾中花
这个春天，我有蒙眬的双眼
也有沙哑的嗓子
我看一棵蒲公英，蒲公英就发芽了
我喊一朵婆婆纳，蓝色的小花就悄悄开了
我总是热爱这些细小的事物
它们努力而卑微的一生
时常令我热泪盈眶，不是我多情
我也有相似的一生啊
埋首尘世，像云喊山　像鸟喊林
我也在茫茫夜色中，等每一颗星辰
为我喊魂，谁喊疼了我
我就是谁的亲人

（原载《草原》2021 年第 1 期）

我再也无法把它们区分开来

父亲穿过田埂时
就像芦苇
在寒风中，摇摇晃晃
他要用一个上午从南沟头摘来的芦花
做一双御寒的靴子
他不停地摘，他要把花絮里的阳光和月光
都缝到靴子里，让它们贴着自己的骨头
温暖自己，柔软自己
那时候，他满头的白发与芦花
迎风舞动
我远远地看着，一时
竟无法把它们区分开来
我只看见白花花的一片，像岁月
终于在我面前
袒露了心花……

（原载《草原》2021 年第 1 期）

紫叶李

最初开花的，是紫叶李
那细小的白花
像繁星闪烁。我经过花园时
心头猛然亮了一下
仿佛有谁隔着万里春光
吻了一下我的额头
我站在树下，抬头望着
仿佛一棵紫叶李，代替我穿上了碎花裙
让我一再觉得，内心里永远藏着一座花园

（原载《草原》2021 年第 1 期）

春天的翅膀

油菜花开放。可惜
那些金黄的花瓣都不是我
在我对面的田野上，几只蝴蝶轻轻地
飞起又落下。可惜，我不是蝴蝶中的任何一只
那些花枝随风摇曳，可惜
我既不是花枝，也不是春风
可我有目光啊，当我看见
我生活的海门
在春天扭动着江水般的腰肢
我明白了，我也是为美而活的人
我的一生，也有出其不意的绽放与飞舞

（原载《草原》2021 年第 1 期）

在寒山寺撞钟

一口大钟悬在那儿
多像我，被命运反复撞击
每一次，都用力不同
每一次的伤口，都深浅不一
每一次，我总是闭口不言
我的少年，青年和中年
我的雨夜，电闪和雷鸣
那些挣扎，抵抗与救赎
钟声，似乎替我都说出来了

（原载《草原》2021 年第 1 期）

在福美农场，我动用了全部的嗅觉

到了福美农场，才知道
我的嗅觉
不够用，所有的花草
都是对生活最好的褒奖
哪种是薰衣草的香味
哪种是快乐鼠尾草的香味
哪一种是马樱丹，柠檬马鞭草，艾草，薄荷……
在福美农场，我动用了全部的嗅觉
也无法把它们逐一分辨
花草的世界，让我羞愧不已
这些充满香气的小妖精
小仙女，赤着脚，在我周围舞蹈
感谢它们，没有嫌弃
我这个不能脱俗的人

（原载《草原》2021 年第 1 期）

在沙南村，我认出五种植物

我为叫出它们的名字
而心生欢喜。三角梅，满天星，五色梅
紫娇花和水边的蒲苇
都在沙南村，与我相认
我带走了它们的香气
留下了自己的脚印

这样也好，当我带着满身花香
行走在人群中，默默为生活添香
我留在沙南村的那些脚印
将会让更多的植物
落地生根

（原载《草原》2021 年第 1 期）

立秋

马路边大片的狗尾巴草
用瘦弱的身子
举起金色的头颅
向秋天敬礼
黄昏时。我看见
有人在桥上摆放着音响
唱着喜马拉雅，散步的人们围拢过来
一边听歌
一边倚着桥栏，望着高远的天空
仿佛那儿
真的有一座高山，因无数颗心的吟唱
而生了出来

（原载《草原》2021 年第 1 期）

夏日必修课

弧形的水池里，开着白色睡莲
我来，有时看水池里的水
有时，也看水上的莲花

有时站着，有时蹲着
有时退后观望，有时凑近细嗅

我甚至想变成一尾金鱼
潜入水中，打探那看不见的部分

我也有光明的一生啊
也有水之清和莲之洁

然而，我在那儿
小心翼翼提着一盏莲灯

像风，起于青蘋之末
又荡起几点涟漪……

（原载《绿风》2021 年第 1 期）

举头望明月

我靠着阳台仰望
月亮，像只多汁的
雪月饼，正盛放在星空的
大盘子里。如果这时
你也在仰望月亮
多么幸运
隔着几千公里的路程
我们围着夜空这同一只盘子
啃着月亮这一只月饼
晚风拉住桂枝
跳慢舞。秋虫吟唱一曲清歌
弦音上
落满桂香的小脚印。我伸出舌尖
舔了舔嘴唇
月光仿佛是月饼的碎屑

（原载《绿风》2021 年第 1 期）

打电话回老家

打电话回老家
母亲还在芋艿地里
除草，想到母亲的汗水
落在田里，那么像生活的种子
我的心里
就有什么在暗暗发芽，母亲
这一生总有操不完的心啊
就像她流不完的汗水，从少年流到中年
流到老年，流多少
都不复回了
但我知道，流到我心里的
那些，我把它叫作泪水

（原载《绿风》2021 年第 1 期）

眉间的潮汐

太阳是一盏大灯
月亮要小一些。星星是无数盏
更小的灯。山河明亮
爱情在山水间荡秋千
有时是少女。有时是婆婆
浣纱女在溪水抛开的绸缎
像我梦里的红头巾
一只蝴蝶从庄周那儿飞来
翅膀上扇落的露水
像我眉间的潮汐
去年。我向妹妹讨要过
你用旧的一块手帕。这
谁也不知道

（原载《绿风》2021 年第 1 期）

在寒山寺，和一池锦鲤相遇

在寒山寺。敲完钟
我的心
开始安静下来。一池锦鲤
向我游来
它们那么大，那么美
我确信是寒山寺的
钟声，喂养了它们
这群抬着头，向我吐泡的锦鲤
在水里
向我游来，我确信
它们是把我的影子当成了一口喑哑的钟
我等它们来
撞我，来喂养我

（原载《绿风》2021 年第 1 期）

站在南黄海的观景台上

一群蜻蜓在海上
飞舞，它们小而单薄的翅膀上
驮着壮阔的天空。它们成群结队
一起赶到海上来，只是为了
看看慢慢裸露的蛎岈山？
听说蜻蜓
是最完美的杀手，这群蜻蜓此行的目标
是否就是浪花？我站在南黄海
观景台上，亲眼看着一片海水
被时间吸饮……

（原载《绿风》2021 年第 1 期）

影子

早上八九点钟的太阳
在院子里，把另一个我
轻轻放在冰凉的水泥地上

一蓬离开泥土的芫荽花
此刻正将自己的影子与我的重叠在一起

那每一朵准备凋零的小花
每一片即将枯萎的叶子
都是我留在世上的影子

（原载《绿风》2021 年第 1 期）

锦瑟

月光，就是流水
风声，即是琴声
唐朝不过是一袭白袍
挡不住身前，也遮不住身后
一个踏着月光走来的人
一步即是一华年
五十弦嫌多，就弹断它们
一弦，花开
一弦，花落

（原载《红豆》2021 年第 3 期）

在海上

高远的天空下
我恨自己
不是眼前这壮阔的大海。不是一艘船
不是一排一排的浪花里的
任意一朵，不是飞翔的海鸥
不能发出湿漉漉的鸣唱
我站在龙桥上
独自聆听海浪
拍打着桥桩，在天空和大海之间
我连一滴水，也不是
我连一颗尘埃
也不是，我只是一个
生在海门
却无法进入大海内部的人

（原载《红豆》2021年第3期）

良宵引

竹叶在窗子上画花
月亮潜入水中
找到珊瑚。群鱼肃静
起了禅意。飞檐上悬挂的铜铃
又被风声
探出了深意
琴弦上拈花，只为博你一笑
在扬州。一块唐朝的玉佩
又在冬日的午后
遇见红颜

(原载《红豆》2021 年第 3 期)

第四辑

有时候一只蝴蝶
也是一轮太阳

一望无际的草原
一望无际的天空
它们在练习赛跑
它们跑得够远
它们似乎早已碰头
它们又似乎永不相聚

时光

这来自天空的
洁净之物，多么像亮闪闪的银子
我站在雪地上
抓一把在手里，一会儿
它们化作了清澈的水，从我的指缝间
往下流。这多么像
转瞬即逝的时光——妈妈苍老的爱
如此珍贵而无力。我似乎看见她
纵横的老泪
正抚摸我寂寞的影子

（原载《草堂》2020 年第 4 期）

我的孤独仿佛一口荒废的老井

偶尔，有一些记忆中的人和事
像一只晃荡着的吊桶
慢慢伸下来
在深夜发出叮当的声响
偶尔有月亮
落在井里
在水面晃来晃去，然后有半只月亮
从我的眼睛里爬上来，啊
辽阔的月光
我要陪你游荡在苍茫的人间

（原载《草堂》2020 年第 4 期）

深秋，一声鸟鸣带来的春光

有一声鸟鸣，从十三楼的窗口进来
像深秋黄昏的树枝上突然冒出了新的叶芽
我以为
春天冒冒失失提前赶来了，我以为一只鸟
和我一样，把落叶看成了蝴蝶，把秋风看成了流水
我以为，一只鸟要把我往春天的路上带

（原载《诗潮》2020 年第 3 期）

在江边

穿白婚纱的准新娘在选镜头
我在等晚霞
点燃半枯的芦苇。有一种紫色的小花
开在芦苇丛中，我为叫不出它的名字而难过
但还是摘了一些在手里
有些事物不需要命名
你握紧它，它就是你的一部分

（原载《诗潮》2020 年第 3 期）

有时候一只蝴蝶也是一轮太阳

一只蝴蝶
落在了一万朵葵花中

这些向光而生的葵花
此刻，正向美而生

一万朵葵花
正集体向一只梦中的蝴蝶致敬——

很多时候，一只蝴蝶
也是飞过人间的一轮太阳……

（原载《时代文学》2020 年第 6 期）

蓝调

三根电线，仿佛镶嵌在天空的三根琴弦
七只小鸟
站在上面，像七个安静的音符

有一只，忍不住飞起来
犹如展开翅膀的“哆”音……

没有鸟的天空
太单调。只有飞鸟
才是最优秀的琴师

我看到一朵浪花
让漫天的海水瞬间荡漾起来

而我的目光，是另一根琴弦

等到晚上，无数的星辰
会弹响它……

（原载《时代文学》2020年第6期）

天空是另一片大海

这些可爱的云朵
把自己装扮成鸭子和鱼的模样
仿佛大海被搬到了天上

落日，像我忧郁的眼睛
搁在山头。我一生都无法抵达
天空的高度
和大海的辽阔。但我可以模仿一朵云
把小小的斗室
当成天空，当成大海……

（原载《时代文学》2020 年第 6 期）

坐在月亮上垂钓人间沧桑

我梦见自己
坐在月亮上，用星星做诱饵
穿过厚厚的云层，垂钓人间沧桑

深不见底的生活
迟迟没有上钩

我像春蚕吐丝
放长线，钓更大的梦

我不愿梦醒。我害怕南风吹动
窗口的风铃，发出
自言自语的声音……

（原载《时代文学》2020 年第 6 期）

天色暗下来

天
一点一点暗下来

从楼上看下去，左边的操场上
有人在打篮球。右边的马路上

有车来，车往
有摩擦声和喇叭声

不绝于耳。
我没有开灯

仿佛我就要成为黑夜的
一部分，我将蜷缩在暗黑之中

独自消失一晚上，等太阳出来

我将重回人间

（原载《时代文学》2020 年第 6 期）

梅花词

如果没有梅花，寂寥的冬夜
就少了几分雅韵
如果没有陆河的梅花，我想象的
翅膀，就会降低到尘世
因一朵梅花
我身披寒冷却心生暖意
借一片前世的梅香，陆河
我骑上梦的快马
向你奔去。探头轻嗅
一朵梅花，就是一个冰清玉洁的人
站在梅花树下
我也想伪装成一朵梅花
等一个人，跋山涉水而来
我往花瓣里，紧了紧身子

（原载《作家天地》2020 年第 9 期）

大寒之日

沿着花园，从一棵桂花树
到另一棵桂花树
我轻碎的脚步，仿佛正在点燃的
红色小鞭炮，差点惊醒冬眠的记忆
大寒之日
人间的祝福都带着春天的温暖

（原载《诗林》2020 年第 4 期）

虚词

雪下了一夜，终于停下来
在它们想要到达的
地方。我站在雪地上
听见雪
窃窃私语。我成了雪
突兀的一部分。像一个虚词
像香樟枝丫上的雪
刚刚掉下来……

（原载《诗林》2020 年第 4 期）

初荷

一个人
开车去看荷，一群荷花
浮出水面看我
我们都不说话
心里话，就在心里
说吧。摘一片荷叶
放在头顶，我总是羞于
面对天空的辽阔。我低下头
看荷，却不小心看到了
水中的天空。我摘了一枝
荷花带回家，它每年一次的绽放
似乎只是为了让我带回
另一个自己……

（原载《诗潮》2020 年第 8 期）

用一本书留住闲散的时光

阳光像一只慵懒的猫
蹲在阳台上。
我靠在摇椅里读诗。
窗外，清脆的鸟鸣
像一块翡翠
与另一块翡翠
发出了共鸣。当我读到——
晶莹的露珠躺在一片树叶上
我似乎就真的成了一颗露珠
躺在一叶障目的叶子上
我索性闭上眼睛
我能感觉到那只猫
正舔着我的肌肤
我也想张开透明的薄翼
飞离生活的丛林

——在我还没有融化之前
——在我被彻底融化之后

（原载《诗潮》2020年第8期）

听说芍药开花了

第一次看见芍药花
开在女人的头发上
她扭着腰
在台上唱歌。后来
我看见更多的芍药花
开在五月，却再也没有见过
几年前唱歌的那个女人
只有一朵一朵芍药花
在南风中舞蹈
只有我
依然站在原地，打听花开的消息

（原载《诗潮》2020 年第 8 期）

火焰的另一种颜色

至此我相信
火焰还有另一种颜色
那一朵一朵的梨花
像白色的火焰
从远方
向我扑来，我在火光中
越来越白，越来越亮
就要成为白月光了
在你们相聚的院落里
我轻轻扇动白色的薄翅……

（原载《诗潮》2020 年第 8 期）

送别

高大的香椿树，提前来到村口
送我。它不说话
它让夏天的风吹动叶子，发出沙沙沙的声音
北方缺水
但你们的眼睛里，水系那么丰富
它们一再汇流至我的眼睛里
其实，我来时只带了一条
南方的小河
把我的手给你，人间就有了一座小桥
心中的流水啊，只是把天涯山
洗得更加青翠

（原载《诗潮》2020 年第 8 期）

坐在故乡的田埂旁

瓜藤开着黄色的花，茄树开着
紫色的花
我拿一把小椅子，坐在田埂旁
开成一朵白色的花
如一只歇在绿叶上的
小白蝶。小小的翅膀
贴着地面，低低地飞
多么迷醉啊，这来自泥土的神秘
我们互相凝视，彼此聆听

（原载《诗潮》2020 年第 8 期）

镜中花

在镜中妖娆，绚烂，吐纳芬芳
一千次伸出手
一千次被挡了回来
玫瑰，芙蓉或牡丹
一朵镜中花
常常让我们，迷失心智
击碎镜子
玻璃的碎屑，开出另一朵
银色的花
带着尖锐的呼啸

（原载《诗潮》2020 年第 8 期）

一只口罩的爱

一只口罩，那么小
那么薄，那么普通
你无法把它从千万只口罩中区分出来
就像你无法把一滴水从一汪大海中
认出来
但当我把一只口罩戴在你的脸上
老奶奶，你的泪水
让我不知所措
其实，我也是一滴水
当我涌入人海中
只有时光可以把我找出来
我也是一只小小的口罩
只有爱，可以把我焐热

（原载《诗潮》2020 年第 8 期）

一群小鸟在草地上觅食

一群小鸟
落在草地上

有一瞬，它们
集体把头伸进草丛中

仿佛一起用力
就可以把整片草地带走

也许，天上也需要
一片草原

我透过车窗望着它们
仿佛我也有过如此辽阔的愿望

（原载《诗选刊》2020 年第 5 期）

观长江

日夜从我身边流过的长江水
我竟然忽略了许多年

其实，只有几里远的路程
我却很少
去江边看看
其实，只要站在十三楼的窗口
就能眺望江水，我却难得偷闲一望

辽阔的江面上，有孤帆
像童年的远影
有混浊的浪花
像母亲的老泪纵横

但不管怎样，长江就在那儿
敞着胸怀，仿佛生活

从未将我放弃
正是这些宽厚的事物
教会了我
低头，流泪

（原载《诗歌月刊》2020 年第 9 期）

一个暮春的下午

前面是辽阔的麦田
身后是散落的民居
我站在村子的水泥路上
像一只忘了飞翔的鸟儿
像伫立在麦田的一截电线杆

这个村庄
陪伴了我整个童年
我却似乎失忆了，我是有罪的
在离开村庄的日子
我也时常热泪盈眶
却从来不知因为什么

（原载《诗歌月刊》2020 年第 9 期）

星空下

夜色辽阔
篁篌弹奏出月光的味道
我来到花园
俯身于花朵和草丛中

在寂静的叶子和花瓣上
虔诚地
捕捉星光和月色。顺便把虫鸣
一起兜进衣袖

我的脚踝上
沾满了露珠的晶莹
像你的叮嘱和慈悲

(原载《诗歌月刊》2020 年第 9 期)

独对苍茫

一望无际的草原
一望无际的天空
它们在练习赛跑
它们跑得够远
它们似乎早已碰头
它们又似乎永不相聚

一只大鹰，用翅膀为它们
丈量距离
云朵和羊群经常摸错家门
我守在原地
为它们看护故乡

（原载《诗潮》2020 年第 2 期）

第五辑

所有的花开
都是人间的烟火

低头赶路
汽车，行人和树木
有一阵
没一阵的风
在路上，灯火升起
星星走失人间

又有春光返回人间

我确信，众多的鸟类
是天才的音乐家。它们一边歌唱
一边搬运春光
从一棵树搬到另一棵树
从一片林子搬到另一片林子
从辽阔的天空搬到宽广的大地
有些春光落在高处，有些春光落在低处
有时落在拾荒老人的身上
他正在垃圾箱旁
替一只受伤的燕子包扎伤口

（原载《诗潮》2020 年第 2 期）

黄昏

低头赶路
汽车，行人和树木
有一阵
没一阵的风
在路上，灯火升起
星星走失人间

最好，有一扇车门
缓慢摇下，你亲切地
呼唤并挥手。我们像两颗失散的星体
彼此寻找并照耀

（原载《山东文学》2020 年第 1 期）

落叶

从树上到大地
短短的距离
刚好让一段舞蹈打开心扉
刚好让袅娜的姿势，在秋天的袖口
镶一缕花边

它悠扬地飞
落在车上，是旅客
落在头上，是发夹
落在水上，是小舟
落在心上
它是一个薄薄的秋

（原载《山东文学》2020 年第 1 期）

领取一片阳光

一只蝴蝶
被放出了黑匣子
它扇动着白色的翅膀
飞向了寂静的窗台
它似乎在向世界
领取
属于自己的一片阳光

我不是
那只蝴蝶
我在离窗台不远的地方
领取了另一片阳光

（原载《山东文学》2020 年第 1 期）

影子

听从光的指引
穿一身黑衣
匍匐大地
在尘世的最低处
爱你

所有带光的事物
都是我的亲人
比如月亮，比如太阳
比如璀璨的灯火

而你自带光芒
走近你
我用两个我去爱你
一个在高处

一个在低处

（原载《山东文学》2020 年第 1 期）

梨花情

像天空和大地
交换了一下位置
万亩梨花
开到了天上
有一些，似乎是多年前
爷爷门前的梨树上
开的梨花，替我们去天上
看望爷爷和奶奶

像大地和天空
交换了一下位置
天上的星辰
纷纷落到了大地
有一些，似乎是
爷爷和奶奶的眼睛

来到人间看望我们

(原载《山东文学》2020 年第 1 期)

野雏菊

路过那片林子
会遇到一些白色的雏菊
它们素洁小巧的模样，它们无邪的表情
都会让我心生怜爱
这些不需要供养的小仙女
在野外，像童年的我
自由，率性地把脸扭向人间

（原载《山东文学》2020 年第 1 期）

所有的花开都是人间的烟火

无数的花朵
争相绽放，就像大地沉默太久
有话要说，相思梅，金鸡菊，月季花……
多像人间的烟火
在俗世里奔走，多像寂静的灯盏
映照着我中年的脸庞
从此，我们没有黑夜
只有白天。从此我隐姓埋名
遁迹江湖，在尘世的边缘，给你写信

（原载《山东文学》2020 年第 1 期）

在一首诗的结尾写到氧气

落日西沉，就像一颗心终于掉在肚子里。暮色开始涌上干净的窗台
我裹紧棉衣
楼下的人群匆匆穿越斑马线
一个男生正拥着一个女生，我看见他在她的额头轻轻吻了一下
我的内心蓦然被惊动，仿佛有一只鸽子
从记忆中惊起。也是在人群中，也是你牵着我的手
走在繁华人间。想一想，一万年也是这样。有爱停留在嘴唇上
有阳光照在绿叶上
有氧气，沁入肺腑

（原载《诗歌月刊》2020 年第 3 期）

鸟巢

滤去水，把草变轻
用一堆泥土
扶住它们
空出的部分
用来安置疲惫的翅膀

站在树下
阳光透过树梢
那些美丽的光斑
在我身上筑巢

风和鸟儿
在树叶间歌唱。天籁之声
栖息在我身上
我仿佛是一个巨大的鸟巢

(原载《诗歌月刊》2020 年第 3 期)

镜中

我照镜子的次数
越来越少。头顶冒出的白发
越来越多，皱纹仿佛神秘的地质层
在纵深处探寻

镜子如此无力
它无法隐藏
我的快乐或忧伤。也不会将我
中年的痕迹，抹去一点点
在我与时光的对垒中
一面镜子
时刻想让我们和解

（原载《诗潮》2019 年第 10 期）

整个人间在春天里渐渐长高

小草长高了，它们踮起脚尖
贪婪地吸吮着春光春雨
庄稼长高了，它们拽着老农的裤脚撒欢呢
大树长高了，用树枝撕扯云朵
逗引水底的游鱼
爬行的村庄倒立起来
农民们站在楼顶望得更远

冰川融化了，河水长高了
借着风帆，能够看见岸上的风光
春天，大地兴奋地蠕动脊背
山峦又长高了一寸
爱和思念也随着春天往上叠加
整个人间在春天里渐渐长高
我趁势往上

似乎也长高了一微米

（原载《诗潮》2019 年第 10 期）

一把生锈的锁

我像一把生锈的锁
再多的阳光和春风
也打不开，那些记忆的片段
像美酒，也像毒药
心空上，时有蝴蝶纷飞
时有暮色苍茫

君子兰，水仙百合，康乃馨
我侍弄这些花草时，美好的时光
不停地擦拭着生锈的锁孔

那些忧郁
那些焦虑，像锁上的铁锈
纷纷落下

（原载《诗潮》2019 年第 10 期）

我在河边照镜子

坐在一棵梨树下
看对岸的杨柳
垂下嫩绿的长发，仿佛少女时代
我在河边照镜子。袅娜的身姿
有春天的柔美

看着水中的倒影。我想问问
流水这面流动的镜子
我，是否还是昨日的模样
芦苇，梨树，石阶
是否还是旧日的容颜。没有回答，只有流水的声响
潺潺，淙淙

我捡起一块小石头扔向河中
涟漪荡开。平静的河面
被我打破。我们瞬间

活在
更多的镜子里。有无数个我
面面相觑。似乎刚从梦里回来

(原载《延河》2019 年第 7 期上半月刊)

写给儿子的诗

从没给你写过一首诗
于我而言
你一直是我的烟火人间

我自责，惭愧
这一生，没能给你一份父爱
因此你常常咬指甲

慌慌，这慌慌的心啊
还是不知道
该和你说些什么

就让密集的雨声
代替我说了吧，既然心上的雨
已经下到了窗外

(原载《延河》2019 年第 7 期上半月刊)

只有它陪着我

一块长方形的水晶挂件
一面刻着千手观音
另一面，刻着般若波罗蜜多心经

白天我把它戴在胸前
太阳会在上面折射出
万千光芒
夜晚我把它藏在枕下，梦里的事物

望而却步
戴着它，我从不会害怕
因为我知道，它里面
住着菩萨

（原载《延河》2019 年第 7 期上半月刊）

像诗看着你

我问你
中午吃什么
你说吃苹果，这也是别人给你的

吃碗鸡蛋面吧
你说给人类省下了
吃阳光就可以。阳光也不多

一天也走不进去几次
一般是远远地看着，像诗看着你

（原载《延河》2019 年第 7 期上半月刊）

像一颗水珠投入水中

我庆幸，住在二楼
和众多的树木
保持了同一高度
清晨醒来，我能听到
窗外的鸟鸣，如人间的仙乐
从同一水平面传来，安抚
梦中的慌乱和焦急
像一颗水珠投入水中
像一种清澈扑向另一种清澈
像你骑着一匹快马
在我心中的原野上奔跑
留下的梅花印
想起昨天，我借着车轮
一寸寸滚过大地，多像一个虔诚的信徒

（原载《延河》2019 年第 7 期上半月刊）

总有一些星辰会走下天空

总会有一些人
从人间消失，变成天上的星辰

想他们的时候
我就抬头望着星空

那么多的星星，我一下分不清
究竟哪一颗是你，哪一颗是他

我只能用一生去仰望
整片星空

我相信，时间久了，总会有一些星辰
走下天空

来看望他们

久别的亲人

（原载《延河》2019 年第 7 期上半月刊）

面前的月亮

为了和你
走得更近，我提了一桶水
来到院子里，让你住进桶里

你离我
这么近，我对面前的你
保持敬畏。我怕
一伸手，你就碎了

（原载《延河》2019 年第 7 期上半月刊）

下雪了

一场雪
下得恰到好处，我在心底轻声欢呼
像一只小鸟
扑腾着双翅，抖落尘埃

雪下了一夜，终于停了下来
它们安静地待在每个角落
像一个个娴静温婉的小女子
用明亮的眼睛，打量美好的事物

站在雪地上，我能想象
昨夜，它们不管不顾
奔赴低处的样子，似乎是我昨日的模样

我蹲下来。想让自己尽量缩小
缩成一片雪花，混迹于雪里面

安安静静地
等待枝头的鸟鸣，把我唤醒。

（原载《诗歌月刊》2019 年第 5 期）

称呼

一盒车厘子
我又给它取名——大红大紫
不管叫什么，它都是我最喜欢的水果

她们叫你师父，我叫你老师
隔着几千公里的路程
杯子斟满月光，我频频举起

风的手指
轻轻碰响风铃，像酒杯碰着月亮
其实，不管叫你什么
你都是诗意的春天

（原载《诗歌月刊》2019 年第 9 期）

空旷

风涌来涌去，稻香起伏
一个稻草人
背影笃定，望着一群大雁
翅膀下的辽阔
水声寂寞
像月光化为了琴音

(原载《诗歌月刊》2019 年第 9 期)

填空

炊烟填了村庄的空白
鸟鸣填了树林的空白

诗歌填了生活的空白
你填了念的空白

面对天空
我们都有飞翔的欲望

面对大地
我们都有奔跑的念头

拽住河流
我们提起追赶的脚步

缠着山腰

我们昂起攀登的头颅

因一朵寂寞的小花
我们忘记归途

（原载《绿风》2019 年第 2 期）

一日

细雨疏散春日的阳光
繁密的文字，长出
丛林的眼睛，扫除困顿

干净的鸟鸣
吹奏春天的华章。梳洗
轻盈曼舞的柳枝

（原载《绿风》2019 年第 2 期）

第六辑

我放松自己 像点燃漫天烟花

走出来，深吸一口气
春色轻拥入怀
玉兰和桃花，争相招呼
婆婆纳，吐露细小的美好
星星一般，绿色的草丛间
闪烁着蓝色的眼睛

婆婆纳

春风翻窗而入
阳光，猫进屋子
鸟鸣不辞辛劳，借着屋檐
抵达凝眸。它们相约
一起把沉寂呼唤

走出来，深吸一口气
春色轻拥入怀
玉兰和桃花，争相招呼
婆婆纳，吐露细小的美好
星星一般，绿色的草丛间
闪烁着蓝色的眼睛

（原载《绿风》2019 年第 2 期）

回音

登高声远
云朵立于峰顶，振臂一呼
雨水跑起来
远方朦朦胧胧，似有回音

而我蹲下来
和一朵梨花一样高
比一朵桃花矮一些

我的呼唤，是大海胸口上
绽放的浪花
用一叶风帆，送达你
海鸥边飞边叫，似是回音

（原载《绿风》2019 年第 2 期）

喊月光

北风吹
落叶开始跳街舞
北风吹
吹得月光冷冷的

我拉开窗帘喊
月光进屋避避风
顺便
陪我聊聊天

照我的月光
照过你，说不定
它会带来你消息

（原载《诗选刊》2018 第 3 期）

落叶

落叶，是深秋写给大地的
情书，秋风是信使
金色是密码
我静静地看着，试图打开它

（原载《诗选刊》2018 第 3 期）

离别

雷声轰隆隆滚过
屋顶上的瓦片
似乎要被碾碎了

看似平静的内心
翻卷波浪

小心收藏起
旧巷，青石板路
古树和寺庙
诵经的僧人，拨动念珠

终于落下来的雨珠
奔跑，呼喊
万马奔腾的壮阔场面

只有离别配得上

（原载《青年作家》2018 第 8 期）

秋声

我把路边的一棵牛筋草
唤作迷迭香
我把秋水唤作银链子
把落叶唤作枯叶蝶。我把秋虫唤作
秋夜里最美的琴师

雨是秋天惯用的抒情
仿佛要测量，我的内心有多少空白
可以放置雨声

一个人的身体可以漏雨
天晴时
雨声跟在身后，晃晃荡荡
像一条吟诵秋天的小河

布谷鸟遥远的呼唤，急切又苍茫

如果你混迹于此，我唤你秋声
秋水边的芦苇，风一吹
就哗啦啦地歌唱

(原载《青年作家》2018 年第 8 期)

在水一方

蝉声仿佛赤脚的童年
远远而来，我像一座小木桥
停泊在水池中
而我期待的爱，就是那一池清水
岁月的波光一样，轻轻摇曳着我

（原载《岁月》2020 年第 12 期）

记忆是一面土墙

有时候，黄土也会站起来
为我们挡风遮雨
有时候，光也会
因时间的流逝而斑驳
我记得那面土墙，记得
那两棵高大的连根椿树。我记得
我倚靠着它们。聆听
来自高处的鸟鸣
我记得，我成了光的一部分……

（原载《岁月》2020 年第 12 期）

凝视一只柚子

穿着厚厚的衣服，一只纯朴的柚子
端坐在桌子上，我想接近它
脱去它的外衣
一只纯朴的
有思想的柚子，我想让它成为我
身体的一部分
我想变得越来越完美

（原载《岁月》2020 年第 12 期）

我的悲伤从不影响别人

一个人，在梦里
看见落日
像一颗泪，掉入江水

我跳入水中，想救它
我像另一颗泪珠
没有人
来打捞我，我的悲伤
从不影响别人
只有月光，照着我
只有风
把叶子吹来，又吹去……

（原载《岁月》2020 年第 12 期）

独钓

坐上山头
就不再回想来路
下不下雨
都要戴上草帽
一壶酒，让我坐拥了
一个人的江山
我与这个世界
保持直角的相处。我与嘈杂
保持一根钓竿的距离
如果钓竿动了
一定是风
咬住了寂寞

（原载《翠苑》2021 年第 6 期）

秘密

我们走在黄昏的街道上
我们从一条街走到另一条小巷
你告诉我
那些街巷的名字
后来我都忘了。你指给我看的那些店铺
不知现在是否依然冷冷清清
我们慢慢走着，一片片落叶
被风吹到脚边。我听到
你微微叹息了一下，趁着一辆小汽车从身旁经过
我故意向你靠了靠。我记得路灯的微光
从头顶探下来，现在我想
它当时一定看到了这个我藏在心底的秘密

（原载《诗刊》2021 年第 4 期下半月刊）

夜晚，在江边

很久不见
江水仍在奔流
芦苇仍站在江边，三五成群
把夜色往江面赶
一片迷离啊
星辰在上
也指点不了我的迷津
大片芦苇仿佛我的姐妹
置身其中
即使看不清
长江的辽阔和浩荡
我们也愿意
静静地站在流水旁，什么也不说
像一个孝子
守护着苍老的母亲

（原载《延河》2021年第12期）

小神曲

天快亮的时候
蛐蛐儿唱得最欢
它们好像要拼尽全力
把身体里的黑
悉数留给昨夜，这多么像
一个悲伤已久的人
在窗下突然放声大哭
而后又平静下来
于明净的光线里
获得了前所未有的轻松

（原载《延河》2021 年第 12 期）

秩序

千米之外
一片海水正慢慢隐退
一簇微蓝的蛎蚜山
就像新生的婴儿
再一次诞生
多么神奇
我站在伸入大海的龙桥上
似乎被它们一分为二
一些，成为丰满的时光
生活的悲伤
给了我血和肉，一些
成为我中年的骨骼
被命运的海水
缓缓托出水面

（原载《延河》2021 年第 12 期）

夏日偶成

看着这只叫戴胜的鸟
独自飞着
我就庆幸自己
有父母健在，有儿女在堂
看到它在楼下的草地上觅食
我就会感谢我的一日三餐
感谢我勤劳的双手
懂得进退的双脚
看到它漂亮的羽冠
我禁不住凝视了许久
我羡慕它头上的凤冠
可以戴上一生一世
我的头上
没有绚丽的光环
人到中年
我更愿意用余生感恩戴德

对养育我的世界
深深鞠上一躬

（原载《延河》2021 年第 12 期）

荡漾

春风与青溪河的重逢
不能以悲喜来形容
特别是到了晚上，星辰做了浪花
心跳声做了波涛
三年前一起坐竹筏看流水的人
早已不见了踪影
而两岸的青山，仍然倒悬着身子
想从流水中打捞
我们遗失的身影

（原载《北方文学》2022 年第 5 期）

情人谷

想与一个人藏在这深谷
让一条溪流
成为爱情的插曲
让不知名的草木
增加几分布衣生活的清幽
石崖坦荡，松鼠跃动
十多米的飞瀑
就像我们请来的花旦
尘世之爱都值得吟唱
而潭水里那份云杉的清白
最像一个神秘的智者
当我们手牵手来到溪水旁
壁立万年的岩石，像极了我们的身影

（原载《北方文学》2022年第5期）

琼花辞

我似乎被琼花的香气
绊倒了
我微微颤抖着
爬起来
又跌倒。再站起来
拍拍身上的风尘
我被琼花的白
震撼了，初见的喜悦
半生的风尘
交集在一起
仿佛隋炀帝挥剑砍断了一个梦
仿佛花神不肯向红尘低头

(原载《北方文学》2022 年第 5 期)

马仑草原

在两千多米的高处
遇到草的野心
马的四蹄
遇到众多的小野花，散牧的牛马
让我们一起享受草原上孤独的夕阳
让难得一见的辽阔
撞开我在尘世里狭隘的心

（原载《北方文学》2022 年第 5 期）

一只鸟从天空飞过

穿过北京路。我抬头
正好看见一只小鸟
从上空飞过

我想，这只鸟
一定也低头
看见了我，看见我正穿过车来车往的街道

我想，那只鸟
一定也以为
我正在干净的大地上
自由地飞翔

（原载《扬子江诗刊》2022 年第 1 期）

天将晚

起身时，我拍了拍衣服上的灰尘
让它们落在门厅的大理石上
代替我
继续坐在那儿
事实上，落日从未消失过
它的余晖
被母亲铺在院子里
晒干的花生
已经装入麻袋
一些稍微老点的茄子
切成了长片准备喂食给山羊
天色渐晚。暮色宽大的袍子里
我像一朵黄色的丝瓜花
还在坚持开放着
而我的身后

空空荡荡的，既神秘
又静好……

(原载《当代人》2022 年第 9 期)

乌鸫

像一滴墨，落在翡翠上
人世间的干净莫过于知白守黑
而一只鸟
迂回曲折的吟唱，又像一架古琴
遇到了风的手指
感谢这位天才的歌手
用它内心的婉转与孤傲
一点，一点
压住我
暴露在尘世的慌张

（原载《营口日报》2022 年 3 月 18 日）

雪

如果要给雪
赠送一个词，我想送它一个字：白
送它两个字：太白
在这广袤的天地间
雪，就是诗人啊
如果给它一个姓名
就是李白
就是李太白
站在雪地上
我就是读诗的人
我就是白中的黑
多么令人欣慰
我们终于构成了世界的一只眼睛

（原载《营口日报》2022 年 3 月 18 日）

赶春

我的母亲，把五只鸭子赶向河流
把十只芦花鸡放回竹林
把一只黑山羊牵到楝树下
我的母亲，刚刚从一场疾病里脱身
就忙着去侍弄那些绿油油的麦苗
和水汪汪的蚕豆苗
相比于我这个女儿
那些绿色的小生命
似乎更懂母亲的心
风一吹，它们齐刷刷地
向母亲围拢过来
比年幼时的我
乖巧十倍

（原载《诗刊》2022 年第 5 期下半月刊）

暮色中

一辆红色汽车
向东开了过去。我不在上面
一辆白色轿车
又开了过去，我也不在上面
对面的酒楼，偶有人影晃动
珠宝店内，珠光混合着灯光和目光
我不在其中
我只站在六楼的窗口望向尘世
一时恍恍，一时惚惚
似乎有一位古希腊女诗人
正提着鞋子，向我点头
似乎在说，当我在远古跳舞的时候
你也来吧

（原载《星星》2022 年第 7 期）

我放松自己像点燃漫天烟花

想起你
被车子慢慢推向火化炉
想起我追赶了最后的几步
那一刻，你是灰烬
我是一面抽泣的墙壁
那一天，你像烟花易冷
我是那瞬间暗淡的夜空
有多少绚烂的时辰，在人间说熄灭就熄灭了
当月光簇拥着我
我突然放松了自己
就像天空
终于放开了一颗悲伤已久的流星

（原载《星星》2022 年第 7 期）